Para Auguste

© 2003, Editorial Corimbo por la edición en español
Ronda General Mitre 95, 08022 Barcelona
e-mail: corimbo@corimbo.es
www.corimbo.es
Traducción: Paula Vicens
© 1995, Kaléidoscope, París
1ª edición, enero 2004
Título de la edición original: «Le loup sentimental»
Impreso en Francia por Mame Imprimeurs, Tours
ISBN: 84-8470-120-4

Geoffroy de Pennart

El lobo sentimental

corimbo

Lucas vivía feliz rodeado de los suyos.

Un día les dice a sus padres: «Ya soy mayor. Ha llegado
la hora de que me las arregle por mi cuenta.»
«Ya sabía yo que este día iba a llegar», suspira su padre.
«¡Te echaré muchísimo de menos!», llora su madre.

«Eres la luz de mi vida»,
dice la abuela abrazándolo.
«Ven a vernos a menudo.»

«Toma este reloj», le dice el abuelo.
«Sé que siempre lo has querido.»
«¡Oh! ¡No, abuelo! ¡Es demasiado!»
«Déjate de tonterías. SIEMPRE hay que obedecer
al abuelo», insiste el viejo lobo.

«Te cantaremos una canción de despedida»,
exclaman sus hermanos pequeños,
y se ponen a cantar.

«Bueno, hijo, tienes que irte ya», le dice su padre.

«Aquí tienes la lista de todo lo que puedes comerte.»

«Y no te ablandes», añade su madre.

Lucas sale del bosque. Al cabo de poco ya tiene hambre.

En un recodo, junto a una arboleda, se encuentra
con una cabra y sus siete cabritillos.

«¿Quién eres?», le pregunta educadamente.
«Soy la cabra, y éstos son mis siete cabritillos.»
«¡Ummm! Ocupas un lugar destacado
en mi lista», comprueba Lucas. «¡Te comeré!»

«En tal caso, ¡no dejes a NINGUNO vivo!
Los que escaparan no tendrían consuelo.»
«Comprendo», dice Lucas, conmovido. «Pensándolo
bien, no tengo tanta hambre. Hasta pronto, señora.»

Lucas prosigue su camino.

«No tendría que haber dejado escapar
un desayuno tan suculento», piensa.

De repente se da de bruces con una niña
vestida de rojo de pies a cabeza.

«¿Quién eres?»

«Soy Caperucita Roja», responde temblando la niña.

«Ummm, estás en mi lista. Te comeré.»

«¡Piedad, señor lobo, no me coma!», suplica
Caperucita Roja. «La abuela se pondrá muy triste.
¡Dice que soy la luz de su vida!»
Lucas se pone a llorar.
«Mi abuela dice exactamente lo mismo.
¡Vete antes de que cambie de opinión!»

Lucas sigue caminando con la tripa cada vez más vacía.
« ¡Pues sí que soy un sentimental! », piensa.

Al cabo de poco se encuentra con tres cerditos
rosados y gorditos.
«¡Que estén en mi lista!», piensa.

«¿Quiénes sois?»

«Somos los tres cerditos.»

«Perfecto. ¡Estáis en la lista y os comeré!»

«¡Antes déjanos cantar por última vez!»,
le ruegan los tres cerditos.

Lucas deja que canten, pero escuchándolos recuerda a sus hermanos.
«Marchaos ahora que todavía estáis a tiempo», solloza.

«Soy demasiado sentimental», refunfuña.

Su tripa se queja cada vez más.

« ¡AH! ¡Aquí estás! », dice una voz.
Lucas se sobresalta. Un niño le habla sin ningún temor.

«¿Quién eres?»

«Me llamo Pedro.»

«Ah. Estás en mi lista», se felicitó Lucas.

«Tu también estás en la mía», dijo Pedro.

«He desobedecido al abuelo para cazarte y…»

«¡HAY QUE OBEDECER SIEMPRE AL ABUELO!
¿ENTENDIDO?», grita Lucas como un energúmeno.
Pedro, muy asustado, sale pitando.

«¡No hay ningún lobo tan sentimental como yo!», piensa
Lucas, muy enfadado consigo mismo. «Hace horas que no
he comido nada. Ahora mismo, con la familia entera
de la cabra, Caperucita y los tres cerditos… sin contar
aquel inconsciente de Pedro… no tendría ni para empezar.»

Sin dejar de darle vueltas al asunto,
Lucas llega a una casa desvencijada.
«Con un poco de suerte, aquí encontraré algo
que llevarme a la boca.»

Llama a la puerta y…

abre un gigante con aire amenazador.

«¡FUERA DE AQUÍ, BESTIA INMUNDA!», le grita.

… y le cierra la puerta en las narices.
Lucas pierde los nervios.

Muerto de rabia y de hambre entra en la casa
por la fuerza…

… y devora al ogro grosero.

«¡Ah! ¡Nunca había comido como hoy!»,
piensa Lucas chupándose los dedos.

De repente, oye unos lamentos.
Levanta la vista y ve, al fondo de la habitación…
¡a unos niños encerrados en una jaula!

Abre la puerta.

«¿Quiénes sois?

«Yo soy Pulgarcito, y éstos son mis hermanos.

¡Le estamos muy agradecidos!

¡Gracias a usted el ogro no nos comerá!»

«¡Ah!», exclama Lucas riendo. «Hoy es vuestro día de suerte. ¡A casa ahora mismo!»

Luego, con su mejor letra,
añade a la lista de papá:
«OGRO».